U0556968

唐宋詞
百品

乾清宮鑑藏寶

品读诗词中国

唐宋词百品

苏若荻

中国财经出版传媒集团
经济科学出版社

前言

词兴于唐，繁荣于宋，其实是入曲之歌词。唐代之诗歌，多数均可入曲，但唐诗以律诗、绝句以及古诗为主，严格工整，字数行数都十分规则，难以适应乐曲多样化的发展要求，于是，便出现了适应乐曲曲目曲调的要求，将词填入其中的作品，也就是所谓的词，正因为此，作词又称“填词”。由于词由曲定，曲调长短不一，所填之词便不会像诗那样每行字数一致，而是长短不一，所以，人们又将其称作“长短句”。

词也讲究格律，要求平仄韵脚。根据曲调长短，可分为小令与长调，本书所选《忆江南》《清平乐》《思帝乡》等词牌为小令；《水调歌头》《满江红》《沁园春》等词牌为长调。每一个词牌就是一个曲调，每一曲调都有统一的填词格式要求。

由于词的功能为歌唱，其内容往往通俗简明，适于口头表达，而且，涉及的范围也渐渐开阔，由唐五代的情调小曲，到宋代的“无意不可入，无事不可言”，使之迅速走上繁荣，成为宋代文学的代表性符号。

本书所选唐宋词佳作100首，只是个人品鉴的一得之见，挂一漏万之处，在所难免，但入选的每一首词都足以打动我之心扉。

目 录

谢娘翠蛾愁不销

〔唐〕 周昉 《簪花仕女图》

河　传

温庭筠

湖上，闲望。雨潇潇，烟浦花桥路遥。谢娘翠蛾愁不销。终朝，梦魂迷晚潮。　荡子天涯归棹远，春已晚。莺语空肠断。若耶溪，溪水西。柳堤，不闻郎马嘶。

【品读】

此词以第三者的眼光，描述了荡子之妇的思夫之情。先写一位俏丽如谢娘的美妇人，终日远望湖中，只看到烟雨中的渡口、花桥，还有遥遥去路，直到晚潮涌来；又写荡子不归，思君肠已断的哀婉之情。平白素描，却是字字含情，读来令人心碎。

〔唐〕 李思训 《江帆楼阁图》

忆江南

温庭筠

梳洗罢，独倚望江楼。过尽千帆皆不是，斜晖脉脉水悠悠，肠断白蘋洲。

【品读】

倚楼遥望，日复一日，直到黄昏天暗，不辨江上白帆；人已下楼心未去，断肠相思留在江中白蘋（pín）洲。

〔唐〕 周昉 《挥扇仕女图》

更漏子

温庭筠

玉炉香，红蜡泪，偏照画堂秋思。眉翠薄，鬓云残，夜长衾枕寒。　梧桐树，三更雨，不道离愁正苦。一叶叶，一声声，空阶滴到明。

【品读】

偏照，遍照也。眉翠，所描画之翠眉也。鬓云，云鬓也。不道，不知。描画翠眉，理好云鬓，盼君好归家，今日又无望。夜长枕衾寒，偏又是三更雨，梧桐树，一叶叶，一声声，滴在空阶，敲击相思直到明。

〔唐〕 周昉 《簪花仕女图》

更漏子

温庭筠

星斗稀，钟鼓歇，帘外晓莺残月。兰露重，柳风斜，满庭堆落花。　　虚阁上，倚阑望，还似去年惆怅。春欲暮，思无穷，旧欢如梦中。

【品读】

古人将夜间分为五更，每更两小时，大约相当于十九时至次日五时，每一更均击鼓或敲钟，“钟鼓歇”谓已过五更，为黎明之际。兰露，落在兰草上的露珠也。黎明时分露水最重，故言“兰露重”。此词上阕写景，下阕写情，两相交融，浑为一体。

〔唐〕 周昉 《调琴啜茗图》

清平乐

冯延巳

雨晴烟晚，绿水新池满。双燕飞来垂柳院，小阁画帘高卷。　黄昏独倚朱阑，西南新月眉弯，砌下落花风起，罗衣特地春寒。

【品读】

先写院中春景如画，又以画帘高卷，引出小阁中的赏春之人，天然无痕。砌下，阶下也。黄昏时分，一人凭栏，新月弯弯，阶下落花被风吹起，罗衣轻薄，格外感到春寒，更感到春寒的恐怕还有伤感的心。

〔宋〕 佚名 《靓妆仕女图》

蝶恋花

冯延巳

谁道闲情抛弃久，每到春来，惆怅还依旧。日日花前常病酒，不辞镜里朱颜瘦。　河畔青芜堤上柳，为问新愁，何事年年有？独立小桥风满袖，平林新月人归后。

【品读】

孤身游春，浅酌一杯孤寂与惆怅；独立小桥，微醉新月清风。确实是孤芳自赏、自怨自艾。芜（wú），丛生之草。

〔唐〕 周昉 《调琴啜茗图》

生查子

牛希济

春山烟欲收，天淡星稀少。残月脸边明，别泪临清晓。　　语已多，情未了，回首犹重道：记得绿罗裙，处处怜芳草。

【品读】

话别之情，历历在目。

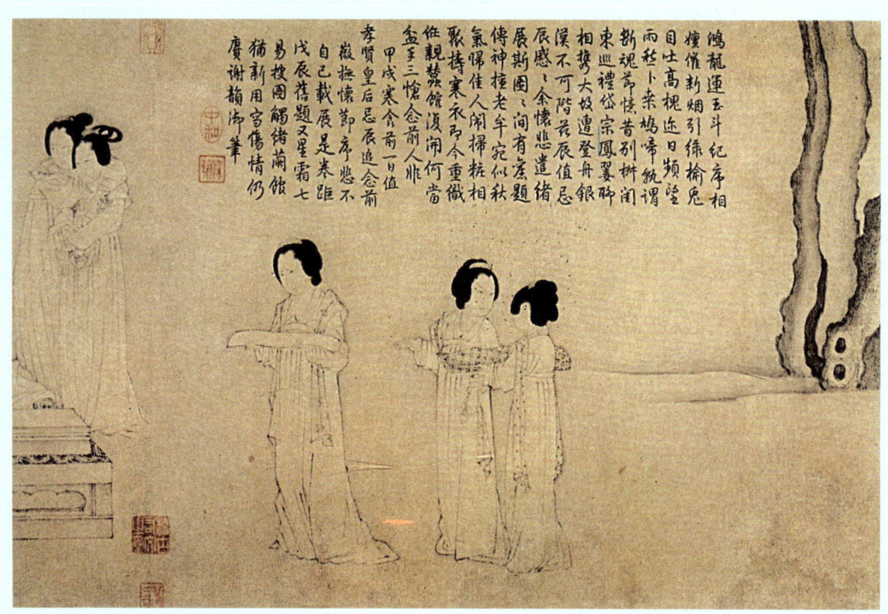

〔宋〕 牟益 《捣衣图》

女冠子

韦　庄

四月十七，正是去年今日，别君时。忍泪佯低面，含羞半敛眉。　　不知魂已断，空有梦相随。除却天边月，没人知。

【品读】

一年相思，尽在其中。

〔宋〕 牟益 《捣衣图》

谒金门

韦　庄

空相忆，无计得传消息。天上嫦娥人不识，寄书何处觅。　　新睡觉来无力，不忍把伊书迹。满院落花春寂寂，断肠芳草碧。

【品读】

此词可作悼亡妻之作。亡妻已入仙境，旧时书信不忍再读，一任相思在落花无声中断人衷肠。

旧注多谓韦庄之爱姬被蜀王王建纳入宫中，故有此词，亦为一解。

〔唐〕 张萱 《虢国夫人游春图》

思帝乡

韦　庄

春日游，杏花吹满头，陌上谁家年少足风流？妾拟将身嫁与一生休，纵被无情弃，不能羞。

【品读】

杏花丛中的游春少女，看到田间小路上的一位风流少年，顿生爱意，遂有如此热烈直白的爱情表白，其中迸发的人性光辉，堪比文艺复兴时代的诸多名作。

月照古桐金井

〔宋〕 马麟 《台榭夜月图》

更漏子

韦　庄

钟鼓寒，楼阁暝，月照古桐金井。深院闭，小庭空，落花香露红。　　烟柳重，春雾薄，灯背水窗高阁。闲倚户，暗沾衣，待郎郎不归。

【品读】

上下两阕，写出由远及近四层景象，“钟鼓”写远景，“深院”写中景，“水窗高阁”则是主人公所居，为近景，最后一层，聚焦至高阁中的人儿，倚门暗伤心。暝（míng），天色昏暗。

〔唐〕 张萱 《虢国夫人游春图》

女冠子

韦　庄

昨夜夜半，枕上分明梦见。语多时，依旧桃花面，频低柳叶眉。　　半羞还半喜，欲去又依依。觉来知是梦，不胜悲！

【品读】

两情依依，只有梦里的悲欢离合，离情别意，刻画出梦幻般的风花雪月。

人语驿边桥

〔宋〕 燕肃 《春山图》

梦江南（二首）

皇甫松

（一）

兰烬落，屏上暗红蕉。闲梦江南梅熟日，夜船吹笛雨萧萧，人语驿边桥。

（二）

楼上寝，残月下帘旌。梦见秣陵惆怅事，桃花柳絮满江城，双髻坐吹笙。

【品读】

梦二则，均先写夜景，再叙梦境，梦中景物历历，一切尽在眼前。

兰烬，灯烬也。屏上暗红蕉，画屏之上的红蕉因熄灯而暗淡。帘旌，窗帘与门帘也，旌旗较长，似门帘，故云。秣（mò）陵，今江苏南京。

| 无限江山 |

〔宋〕 佚名 《江山秋色图》

浪淘沙

李　煜

帘外雨潺潺，春意阑珊。罗衾不耐五更寒。梦里不知身是客，一晌贪欢。　　独自莫凭栏，无限江山。别时容易见时难。流水落花春去也，天上人间。

【品读】

此词写亡国之愁，与思乡之愁虽异曲同工，但另有一番滋味。

阑珊（lán shān），衰残，将尽也。

〔宋〕 佚名 《雪麓早行图》

清平乐

李　煜

别来春半，触目愁肠断。砌下落梅如雪乱，拂了一身还满。　　雁来音信无凭，路遥归梦难成。离恨恰如春草，更行更远还生。

【品读】

故国离恨如春草萋萋，无处不生，无处不在。

〔宋〕 吴炳 《嘉禾草虫图》

乌夜啼

李　煜

林花谢了春红，太匆匆！无奈朝来寒雨晚来风。　胭脂泪，相留醉，几时重？自是人生长恨水长东。

【品读】

朝来寒雨晚来风，吹打得林中花儿凋谢又匆匆，春日的红颜无奈又无奈。美人香腮洒落的泪水，同样留不住远行的郎君，只恨载那扁舟而去的东流水，总也不回流。

寂寞梧桐深院

〔宋〕 米友仁 《潇湘奇观图》

乌夜啼

李　煜

无言独上西楼，月如钩。寂寞梧桐深院，锁清秋。　　剪不断，理还乱，是离愁。别有一番滋味，在心头。

【品读】

秋色残月，寂寞清凉，离别之愁，如何条理，仍是无奈复无奈。只有自己心中知道究竟是怎样一番滋味。

〔唐〕 阎立本 《步辇图》

虞美人

李　煜

春花秋月何时了，往事知多少？小楼昨夜又东风，故国不堪回首月明中。　　雕栏玉砌应犹在，只是朱颜改。问君能有几多愁，恰似一江春水向东流。

【品读】

南唐后主李煜乃亡国之君，在位时，声色犬马，不理朝政。当北宋灭其国，被俘往开封后，虽颇受礼遇，但仍是阶下之囚，忆起故都建康的家国，始有亡国之君的痛彻感悟。虽为时已晚，却为后人留下若干绝妙好词。朱颜，红色，古代帝王均用大红之色，此处之“朱颜改”谓改朝换代。

波上寒烟翠

〔宋〕 王希孟 《千里江山图》

苏幕遮

范仲淹

碧云天，黄叶地。秋色连波，波上寒烟翠。山映斜阳天接水，芳草无情，更在斜阳外。　　黯乡魂，追旅思。夜夜除非，好梦留人睡。明月楼高休独倚，酒入愁肠，化作相思泪。

【品读】

上阕风光无限，一幅秋波山色图；下阕乡思难却，日日夜夜旅梦中。

〔宋〕 李唐 《江山小景图》

八声甘州

柳　永

对潇潇暮雨洒江天，一番洗清秋。渐霜风凄紧，关河冷落，残照当楼。是处红衰翠减，苒苒物华休。惟有长江水，无语东流。　　不忍登高临远，望故乡渺邈，归思难收。叹年来踪迹，何事苦淹留？想佳人、妆楼颙望，误几回、天际识归舟。争知我、倚阑干处，正恁凝愁！

【品读】

秋雨秋风残阳西下，红衰绿减万物萧索，长江之水，无语东流，实则写出了“逝者如斯夫”的感伤。悲秋惹秋思，但此词的脱俗之处却在佳人妆楼怅望与“我”倚栏杆之对愁。苒苒，草木茂盛之状。渺（miǎo）邈（miǎo），遥遥不可见之状。颙（yóng）望，盼望。恁（nèn），这，那。

〔宋〕 米友仁 《云山墨戏图》

蝶恋花

柳　永

伫倚危楼风细细，望极春愁，黯黯生天际。草色烟光残照里，无言谁会凭阑意。　　拟把疏狂图一醉，对酒当歌，强乐还无味。衣带渐宽终不悔，为伊消得人憔悴。

【品读】

相思之苦被极其细腻地刻画。尤其是最后一联“衣带渐宽终不悔，为伊消得人憔悴”更是广为人知。但此词动情之处却在上阕，细细品读，可以读出词中主人公相思中真正的苦涩。伫倚者，静静地倚在高楼之上。凭阑，凭栏。

〔宋〕 郭熙 《云烟揽胜图》

雨霖铃

柳　永

寒蝉凄切。对长亭晚，骤雨初歇。都门帐饮无绪，留恋处、兰舟催发。执手相看泪眼，竟无语凝噎。念去去千里烟波，暮霭沉沉楚天阔。　　多情自古伤离别，更那堪冷落清秋节！今宵酒醒何处？杨柳岸晓风残月。此去经年，应是良辰好景虚设。便纵有千种风情，更与何人说？

【品读】

秋雨过后，寒蝉凄切地嘶叫，都城门外，长亭送别之处，--对恋人正在帷帐中把酒送别。此词写的就是离别之际一层又一层的依依之情，悠扬阔达之中，置入无处不在的儿女情长，令人荡气回肠。

〔五代〕 荆浩 《匡庐图》

倾　杯

柳　永

鹜落霜洲，雁横烟渚，分明画出秋色。暮雨乍歇，小楫夜泊，宿苇村山驿。何人月下临风处，起一声羌笛。离愁万绪，闻岸草、切切蛩吟似织。　　为忆、芳容别后，水遥山远，何计凭鳞翼。想绣阁深沈，争知憔悴损，天涯行客。楚峡云归，高阳人散，寂寞狂踪迹。望京国。空目断、远峰凝碧。

【品读】

羁旅苦思，却写出一番动人风景，凄凄楚楚之中，竟留给人们无限遐想，这是柳永行旅之作的最大特点。秋色暮雨之中，行者夜投孤村，本已满目萧索，怎奈又一声羌笛，撩起离愁万绪，如水岸之草，又如绵绵不绝、连成一片之蟋蟀声。更忆起远在汴京之佳人，水遥山远，无计得传消息。最后一笔，“空目断、远峰凝碧”于惨淡之中，又画出风光无限，峰回路转，妙意可叹。鹜（wù），鸭也。洲与渚（zhǔ）均为水中小块陆地。楫（jí），船桨。蛩（qióng），蟋蟀。鳞翼，指鱼雁，化鱼雁传信之意。楚峡，谓楚峡云雨之风流。高阳，谓高阳酒徒之欢娱。

〔宋〕 佚名 《深堂琴趣图》

青门引

张　先

乍暖还清冷，风雨晚来方定。庭轩寂寞近清明，残花中酒，又是去年病。　　楼头画角风吹醒，入夜重门静。那堪更被明月，隔墙送过秋千影。

【品读】

一日风雨，入夜方休，寂寞庭院小阁中，又如去年醉卧。风吹楼头画角，惊醒后更觉静无声息，孤寂之感倍加。天边明月恰又洒满清冷，送来院中秋千长长的光影，谁人能耐如此感伤？

沙上并禽池上暝

〔宋〕 梁楷 《芙蓉水鸟图》

天仙子

张　先

水调数声持酒听，午睡醒来愁未醒，送春春去几时回？临晚镜，伤流景，往事后期空记省。　　沙上并禽池上暝，云破月来花弄影。重重帘幕密遮灯，风不定，人初静，明日落红应满径。

【品读】

此词乃伤春之作，且为老来伤春，故有“临晚镜，伤流景，往事后期空记省”之语。下阕写的有些飘忽，先忆沙上一对鸟儿两情相悦，又叙风起夜中，落红满径，直如梦游一般。不过，后人最欣赏的还是其“花弄影”之句。王国维在《人间词话》中即言：“红杏枝头春意闹，着一闹字而境界全出；云破月来花弄影，着一弄字而境界全出矣。”

叶底黄鹂一两声

〔宋〕 佚名 《梅竹聚禽图》

破阵子

晏　殊

燕子来时新社，梨花落后清明。池上碧苔三四点，叶底黄鹂一两声。日长飞絮轻。　　巧笑东邻女伴，采桑径里逢迎。疑怪昨宵春梦好，原是今朝斗草赢。笑从双脸生。

【品读】

社，祭土神之节日，分春秋两次，此词中之新社即春社也。此词乃一幅清新明快之村落春光图，字字句句均在画中。燕子、黄鹂（lí）伴采桑少女，又是一幅栩栩光影图。

〔宋〕 赵昌 《写生蝴蝶图》

踏莎行

晏　殊

小径红稀，芳郊绿遍，高台树色阴阴见。春风不解禁杨花，濛濛乱扑行人面。　　翠叶藏莺，朱帘隔燕，炉香静逐游丝转。一场愁梦酒醒时，斜阳却照深深院。

【品读】

大好春光之中，又是愁酒醉卧，不知词人写的是悔意还是惬意？

“春风”句谓春风不知禁住乱飞之杨花；“炉香”句谓香炉之烟缕缕上升如游丝，丝到香到。

〔宋〕 李成 《群峰雪霁图》

清平乐

晏　殊

红笺小字，说尽平生意。鸿雁在云鱼在水，惆怅此情难寄。　斜阳独倚西楼，遥山恰对帘钩。人面不知何处，绿波依旧东流。

【品读】

红色信笺，密密麻麻的小字，似乎已可诉说相思之情，但转念之间，词人又以一幅近景白描，勾勒出绵绵无言之情，大段空间，足以让人回味。

〔五代〕 董源 《龙宿郊民图》

玉楼春

晏　殊

绿杨芳草长亭路，年少抛人容易去。楼头残梦五更钟，花底离愁三月雨。　　无情不似多情苦，一寸还成千万缕。天涯地角有穷时，只有相思无尽处。

【品读】

五更为黎明之前，最是相思。三月为暮春三月，花落纷纷。一寸，谓寸心，即心绪。人世间情为何物，尽惹相思无尽是也。

〔宋〕 夏圭 《梧竹溪堂图》

采桑子

晏　殊

时光只解催人老，不信多情，长恨离亭，泪滴春衫酒易醒。　　梧桐昨夜西风急，淡月胧明，好梦频惊，何处高楼雁一声？

【品读】

胧明，朦胧也。何处高楼雁一声，不独叫醒梦中词人，亦足以叫醒万千读词人。

〔宋〕 佚名 《荷塘按乐图》

浣溪沙

晏　殊

一曲新词酒一杯，去年天气旧亭台。夕阳西下几时回？　　无可奈何花落去，似曾相识燕归来。小园香径独徘徊。

【品读】

逝者斯夫，人生苦短之叹。一曲新词酒一杯，配上徘徊之景，恰又是人生独享之写照。

〔宋〕 李唐 《江山小景图》

离亭燕

张　昇

一带江山如画，风物向秋潇洒。水浸碧天何处断，霁色冷光相射。蓼屿荻花洲，掩映竹篱茅舍。　　云际客帆高挂，烟外酒旗低亚。多少六朝兴废事，尽入渔樵闲话。怅望倚层楼，寒日无言西下。

【品读】

寒日无言西下，写出了老子的大道无言境界。蓼（liǎo），一种水草；蓼屿，长遍水草之小岛。

〔唐〕 韩幹 《牧马图》

蝶恋花

欧阳修

庭院深深深几许？杨柳堆烟，帘幕无重数。玉勒雕鞍游冶处，楼高不见章台路。　　雨横风狂三月暮，门掩黄昏，无计留春住。泪眼问花花不语，乱红飞过秋千去。

【品读】

伤春之作，却又是赏春之作，写得情景交融，直教人意乱情迷。

玉勒，马勒口。雕鞍，马鞍。游冶，游乐。章台，春秋战国时楚王宫中有章华台，后以之喻豪奢之处。

〔宋〕 郭熙 《树色平远图》

踏莎行

欧阳修

候馆梅残，溪桥柳细，草熏风暖摇征辔。离愁渐远渐无穷，迢迢不断如春水。　　寸寸柔肠，盈盈粉泪，楼高莫近危栏倚。平芜尽处是春山，行人更在春山外。

【品读】

候馆，驿馆，旅舍。辔（pèi），马缰绳。平芜，荒草丛生之原野。此词风景如画，离愁也尽融画中，但颇难描绘。俞平伯对此词的评价是“似乎可画，却又画不到”。

〔宋〕 夏圭 《西湖柳艇图》

采桑子

欧阳修

轻舟短棹西湖好，绿水逶迤，芳草长堤，隐隐笙歌处处随。　　无风水面琉璃滑，不觉船移，微动涟漪，惊起沙禽掠岸飞。

【品读】

写景小品，清新如画，风物如在眼前，真的是只缘身在此景中。棹（zhào），船桨。

千里澄江似练

〔宋〕 王希孟 《千里江山图》

桂枝香

王安石

金陵怀古

登临送目，正故国晚秋，天气初肃。千里澄江似练，翠峰如簇。征帆去棹残阳里，背西风，酒旗斜矗。彩舟云淡，星河鹭起，图画难足。　　念往昔，繁华竞逐，叹门外楼头，悲恨相续。千古凭高对此，漫嗟荣辱。六朝旧事随流水，但寒烟衰草凝绿。至今商女，时时犹唱，《后庭》遗曲。

【品读】

金陵，今南京，六朝古都，王安石变法受挫，贬至此处，发生许多感慨。

上阕写景，写出一幅画笔也难以表现出的自然之美；下阕写史，写出一幅“商女不知亡国恨，隔江犹唱后庭花”的《后庭》伤感。棹（zhào），船桨；去棹，谓远离之船也。鹭（lù），一种水鸟，有白鹭、苍鹭等。

〔宋〕 萧照 《山腰楼观图》

卖花声

张舜民

题岳阳楼

木叶下君山，空水漫漫。十分斟酒敛芳颜。不是渭城西去客，休唱阳关。　　醉袖抚危栏，天淡云闲。何人此路得生还？回首夕阳红尽处，应是长安。

【品读】

宋廷南迁，金兵锐不可挡，词人忠君报国壮怀之悲伤，淋漓尽致。君山，在洞庭湖中。渭城在长安西，西出阳关必经之地。此长安借指宋朝之都开封，以西出长安喻宋廷之南迁。

〔宋〕 佚名 《秋塘双雁图》

卜算子

苏　轼

黄州定慧院寓居作

缺月挂疏桐，漏断人初静。谁见幽人独往来，缥缈孤鸿影。　惊起却回头，有恨无人省。拣尽寒枝不肯栖，寂寞沙洲冷。

【品读】

此词写孤鸿又写幽人，的确是作者自身之写照，但不必将词中所叙与作者心境一一对应，若如是，则词非词矣。

〔宋〕 马远 《梅石溪凫图》

水龙吟

苏　轼

次韵章质夫杨花词

似花还似非花，也无人惜从教坠。抛家傍路，思量却是，无情有思。萦损柔肠，困酣娇眼，欲开还闭。梦随风万里，寻郎去处，又还被莺呼起。　　不恨此花飞尽，恨西园落红难缀。晓来雨过，遗踪何在？一池萍碎。春色三分，二分尘土，一分流水。细看来，不是杨花，点点是离人泪。

【品读】

吟杨花者，古今少有，以杨花托离情别愁，写得如此凄切，更是古今绝唱。杨花之魅力，在于似花非花，其命运则是二分尘土，一分流水，较之姹紫嫣红之凋零，更多了几分悲凉。

〔宋〕 萧照 《秋山红树图》

临江仙

苏　轼

夜归临皋

夜饮东坡醒复醉，归来仿佛三更。家童鼻息已雷鸣。敲门都不应，倚杖听江声。　长恨此身非我有，何时忘却营营？夜阑风静縠纹平。小舟从此逝，江海寄余生。

【品读】

营营，来回奔走，忙于钻营。縠（hú），一种有皱纹的细绢，此代指水纹细密，风平浪静。

〔宋〕 许道宁 《雪溪渔父图》

蝶恋花

苏　轼

春事阑珊芳草歇。客里风光，又过清明节。小院黄昏人忆别，落花处处闻啼鴂。　咫尺江山分楚越。目断魂销，应是音尘绝。梦破五更心欲折，角声吹落梅花月。

【品读】

驿旅孤寒，又逢清明，情易伤，人易醉，点点滴滴，难以言状。

阑珊（lán shān），行将结束。鴂（jué），杜鹃鸟；梅花月，梅花影中所见之月，花在月中，摇曳飘零，极尽伤感。

〔宋〕 佚名 《仙女乘鸾图》

水调歌头

苏　轼

丙辰中秋，欢饮达旦，大醉，作此篇，兼怀子由。

明月几时有？把酒问青天。不知天上宫阙，今夕是何年。我欲乘风归去，又恐琼楼玉宇，高处不胜寒。起舞弄清影，何似在人间。　转朱阁，低绮户，照无眠。不应有恨，何事长向别时圆。人有悲欢离合，月有阴晴圆缺，此事古难全。但愿人长久，千里共婵娟。

【品读】

此词为古来中秋咏月之绝唱，古人评论其上阕道：“此词前半自是天仙化人之笔。”我看，下阕可视为“天人合一之韵”。子由，即其弟苏辙。婵（chán）娟，明月也。

〔金〕 武元直 《赤壁图》

念奴娇

苏　轼

赤壁怀古

大江东去，浪淘尽，千古风流人物。故垒西边，人道是，三国周郎赤壁。乱石穿空，惊涛拍岸，卷起千堆雪。江山如画，一时多少豪杰！　　遥想公瑾当年，小乔初嫁了。雄姿英发，羽扇纶巾，谈笑间、樯橹灰飞烟灭。故国神游，多情应笑我，早生华发。人生如梦，一尊还酹江月。

【品读】

赤壁怀古，追忆三国时代孙刘联合抗曹之赤壁之战也。此词系苏轼被贬黄州后所作，借思古之幽情，尽抒胸中愤懑，通篇之英雄气概，纵贯今古。古人谓此词“自有横槊气概，固是英雄本色”。公瑾，即周瑜。小乔，周瑜夫人。纶（guān）巾，青丝带头巾。樯（qiáng），船上桅杆；橹（lǔ），船橹；诗人在此以樯橹代指曹操水军。酹（lèi），以酒祭奠也。

〔唐〕 张萱 《捣练图》

浣溪沙

苏　轼

麻叶层层苘叶光，谁家煮茧一村香。
隔篱娇语络丝娘。　　垂白杖藜抬醉眼，
捋青捣麨软饥肠。问言豆叶几时黄。

【品读】

作者以清新的笔调和对劳动人民的同情，摄下了一幅幅农村生活的动人图景。

苘（qǐng），青麻叶。捋青，脱取未成熟之青麦。 麨（chǎo），米麦炒熟后磨成的粉。

〔宋〕 王居正 《纺车图》

浣溪沙

苏　轼

簌簌衣巾落枣花，村南村北响缫车，牛衣古柳卖黄瓜。　　酒困路长惟欲睡，日高人渴漫思茶，敲门试问野人家。

【品读】

簌簌（sù），拟声词，此谓枣花落至衣中之簌簌有声。缫（sāo）车，纺织用的工具。牛衣，为牛御寒之衣物，此指卖瓜人所披。

〔宋〕 苏轼 《木石图》

江城子

苏　轼

乙卯正月二十日夜记梦

十年生死两茫茫。不思量，自难忘。千里孤坟，无处话凄凉。纵使相逢应不识，尘满面，鬓如霜。　　夜来幽梦忽还乡。小轩窗，正梳妆。相顾无言，惟有泪千行。料得年年肠断处，明月夜，短松冈。

【品读】

短松冈为苏轼亡妻安葬之处。十年天隔之后，悼亡之作仍将思念之情写得如此凄切，必发自内衷也。

春景

〔宋〕 佚名 《荷亭儿戏图》

蝶恋花

苏　轼

春　景

花褪残红青杏小。燕子飞时，绿水人家绕。枝上柳绵吹又少，天涯何处无芳草！　墙里秋千墙外道。墙外行人，墙里佳人笑。笑渐不闻声渐悄，多情却被无情恼。

【品读】

看似伤春之作，实是春日触景小品，轻松洒脱，天然而成。

〔宋〕 惠崇 《沙汀烟树图》

定风波

苏　轼

三月七日，沙湖道中遇雨。雨具先去，同行皆狼狈，余独不觉。已而遂晴，故作此。

莫听穿林打叶声，何妨吟啸且徐行。竹杖芒鞋轻胜马，谁怕！一蓑烟雨任平生。　料峭春风吹酒醒，微冷，山头斜照却相迎。回首向来萧瑟处，归去！也无风雨也无晴。

【品读】

雨中穿行，尽得天然之乐，洒脱清新之心境，直如雨后山林。

芒鞋，草鞋也。

〔五代〕 巨然 《万壑松风图》

鹧鸪天

苏　轼

林断山明竹隐墙，乱蝉衰草小池塘。翻空白鸟时时见，照水红蕖细细香。　村舍外，古城旁，杖藜徐步转斜阳。殷勤昨夜三更雨，又得浮生一日凉。

【品读】

此词之要，在“又得浮生一日凉”，有此心境，方能感悟村舍外、古城旁的万千美好。

红蕖（qú），红荷也，藜（lí），草名，长成后其茎可做拐杖，此藜即指拐杖也。

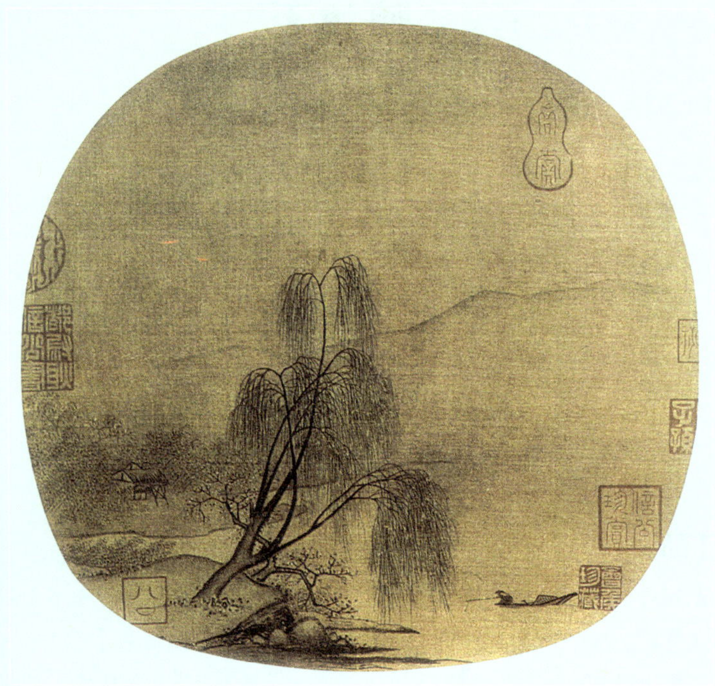

〔宋〕 佚名 《春波钓艇图》

江城子

秦　观

　　西城杨柳弄春柔，动离忧，泪难收。犹记多情，曾为系归舟。碧野朱桥当日事，人不见，水空流。　　韶华不为少年留，恨悠悠，几时休。飞絮落花时候，一登楼。便做春江都是泪，流不尽，许多愁。

【品读】

动离忧，谓杨柳轻柔，激起离别之愁。韶华，青春年华。相思之泪，此词为最，何也？“便做春江都是泪”，也难流尽万千情愁。

〔宋〕 马远 《山径春行图》

八六子

秦　观

倚危亭，恨如芳草，萋萋刬尽还生。念柳外青骢别后，水边红袂分时，怆然暗惊。　　无端天与娉婷，夜月一帘幽梦，春风十里柔情。怎奈向，欢娱渐随流水，素弦声断，翠绡香减。那堪片片飞花弄晚，濛濛残雨笼晴。正销凝，黄鹂又啼数声。

【品读】

危亭，高亭也。青骢（cōng），毛色青白相间之骏马；红袂（mèi），红色衣袖，佳人之衣也。娉（pīng）婷，容态美好之貌。素弦，佳人所弹。翠绡，佳人所衣。销凝，销魂凝思。独倚危亭，泛起愁思无限，正在流连销凝之时，却被黄鹂数声唤醒，重回人间。

〔宋〕 佚名 《柳溪书屋图》

如梦令

秦　观

池上春归何处，满目落花飞絮。孤馆悄无人，梦断月堤归路。无绪，无绪，帘外五更风雨。

【品读】

伤春与悲秋是古代文人的两大主题，此词将天人浑为一体，属伤春之作的上品。

〔宋〕 许道远 《关山密雪图》

鹧鸪天

秦 观

枝上流莺和泪闻，新啼痕间旧啼痕。一春鱼雁无消息，千里关山劳梦魂。　无一语，对芳尊，安排肠断到黄昏。甫能炙得灯儿了，雨打梨花深闭门。

【品读】

炙（zhì），烤。炙得灯儿了，谓耗干灯油。鱼雁，谓鱼雁传书也,此代指书信。芳尊，酒樽也。此词细读，可读出四层境界，层层进递，渐入伤思无奈之中。

〔五代〕 关仝 《秋山晚翠图》

踏莎行

秦　观

郴州旅舍

雾失楼台，月迷津渡，桃源望断无寻处。可堪孤馆闭春寒，杜鹃声里斜阳暮。　驿寄梅花，鱼传尺素，砌成此恨无重数。郴江幸自绕郴山，为谁流下潇湘去？

【品读】

此词为秦观失意被贬至郴（chēn）州（今湖南郴县）时所作，将人生的坎坷与失意统统寄寓于郴江山水，道尽凄凉心境。桃源，即陶渊明笔下之桃花源。杜鹃，相传蜀帝杜宇失国后，化为杜鹃鸟，声声啼血。驿寄梅花，出自陆凯自江南折梅寄予范晔一事，陆凯附诗云“折梅逢驿使，寄与陇头人。江南无所有，聊赠一枝春”。鱼传尺素，尺素，书信也，古诗《饮马长城窟行》云：“客从远方来，遗我双鲤鱼，呼儿烹鲤鱼，中有尺素书。”此两典均谓朋友远方寄来书信。郴江，源于郴州之郴山，汇流于湘江。

〔宋〕 范宽 《秋林飞瀑图》

满庭芳

秦　观

山抹微云，天连衰草，画角声断谯门。暂停征棹，聊共饮离尊。多少蓬莱旧事，空回首烟霭纷纷。斜阳外，寒鸦万点，流水绕孤村。　销魂，当此际，香囊暗解，罗带轻分。谩赢得青楼薄幸名存。此去何时见也，襟袖上空惹啼痕。伤情处，高城望断，灯火已黄昏。

【品读】

谯（qiáo）门，建有鼓楼的城门，又可泛指城门。棹（zhào），船桨。薄幸名，浪名，不雅之名，语出杜牧《遣怀》诗："十年一觉扬州梦，赢得青楼薄幸名。"

〔唐〕 佚名 《宫乐图》

满庭芳

秦　观

晓色云开，春随人意，骤雨方过还晴。高台芳榭，飞燕蹴红英。舞困榆钱自落，秋千外绿水桥平。东风里，朱门映柳，低按小秦筝。　　多情，行乐处，朱钿翠盖，玉辔红缨。渐酒空金榼，花困蓬瀛。豆蔻梢头旧恨，十年梦屈指堪惊。凭栏久，疏烟淡日，寂寞下芜城。

【品读】

蹴（cù），踩、踏也。辔（pèi），马缰绳。榼（kē），酒器。金榼，即金酒杯。蓬瀛，即蓬莱、瀛洲，与方丈合称海上三仙山。豆蔻（kòu），一种草果，可入药，古人每以之喻年少。豆蔻梢头，即年少时分，语出杜牧《赠别》："娉娉袅袅十三余，豆蔻梢头二月初。"

〔宋〕 佚名 《秋浦双鸯图》

鹊桥仙

秦　观

纤云弄巧，飞星传恨，银汉迢迢暗度。金风玉露一相逢，便胜却人间无数。　　柔情似水，佳期如梦，忍顾鹊桥归路。两情若是久长时，又岂在朝朝暮暮。

【品读】

牛郎织女的神话，演绎出东方式的柏拉图之恋。

〔宋〕 赵佶 《柳鸦芦雁图》

柳色黄

贺　铸

薄雨催寒，斜照弄晴，春意空阔。长亭柳色才黄，远客一枝先折。烟横水际，映带几点归鸦。东风消尽龙沙雪。还记出门时，恰而今时节。　　将发。画楼芳酒，红泪清歌，顿成轻别。已是经年，杳杳音尘都绝。欲知方寸，共有几许清愁，芭蕉不展丁香结。枉望断天涯，两厌厌风月。

【品读】

词牌为柳色黄，诗意亦写柳色初黄，新绿乍泛之际，写得婉转千回，直入人衷肠。两厌厌风月，当化“唯有敬亭山，相看两不厌”而来，谓望断天涯不相见，唯清风明月相伴，相看两不厌。

〔宋〕 佚名 《出水芙蓉图》

南柯子

仲　殊

忆　旧

十里青山远，潮平路带沙。数声啼鸟怨年华。又是凄凉时候在天涯。　白露收残月，清风散晓霞。绿杨堤畔问荷花：记得年时沽酒那人家。

【品读】

既是忆旧，又是思乡，情景相融，凄凉之中又透出丝丝暖意。

〔五代〕 董源 《潇湘图》

临江仙

赵长卿

暮　春

过尽征鸿来尽燕，故园消息茫然。一春憔悴有谁怜？怀家寒食夜，中酒落花天。　　见说江头春浪渺，殷勤欲送归船。别来此处最萦牵，短篷南浦雨，疏柳断桥烟。

【品读】

寒食近清明，既是花开时节，又是返乡祭祖之时，能不更添思乡之情？遗憾的是，只能殷勤为他人送归，自己却仍要远在异乡，魂牵梦绕着故乡的短篷船、断桥烟。中酒，醉酒也。

〔宋〕 赵佶 《柳鸦芦雁图》

眼儿媚

王　雱

杨柳丝丝弄轻柔，烟缕织成愁。海棠未雨，梨花先雪，一半春休。　　而今往事难重省，归梦绕秦楼。相思只在，丁香枝上，豆蔻梢头。

【品读】

此词伤春，亦是怀旧，往事如梦，年少时的相思萦绕至老。丁香枝上、豆蔻梢头，均喻青春年少也。

〔宋〕 刘松年 《四景山水图》

南柯子

田　为

梦怕愁时断，春从醉里回。凄凉怀抱向谁开？些子清明时候被莺催。　柳外都成絮，栏边半是苔。多情帘燕独徘徊，依旧满身花雨又归来。

【品读】

此词为怀才不遇之作。借离情别恨叙寂寂不遇之落魄，是古代士子的常用手法。

〔宋〕 范宽 《临流独坐图》

谒金门

陈　克

愁脉脉，目断江南江北。烟树重重芳信隔，小楼山几尺。　　细草孤云斜日，一晌弄晴天色。帘外落花飞不得，东风无气力。

【品读】

脉脉含愁，直看得落花慵散，东风无力。

短棹钓鱼船

〔宋〕 李唐 《清溪渔隐图》

好事近

朱敦儒

短棹钓鱼船，江上晚烟笼碧。塞雁海鸥分路，占江天秋色。　　锦鳞泼剌满篮鱼，取酒价相敌。风顺片帆归去，有何人留得。

【品读】

短棹，船桨，较之摇橹而言，实言钓鱼船之小。锦鳞，指鱼。泼剌（là），鱼在篮中之动态。取酒价相敌，谓钓够换酒之鱼即可。

此词妙在最后一联，“风顺片帆归去，有何人留得。”讲的是人生莫贪念太重，方可潇洒如此。

千里水天一色

〔宋〕 佚名 《江天春色图》

好事近

朱敦儒

摇首出红尘，醒醉更无时节。活计绿蓑青笠，惯披霜冲雪。　　晚来风定钓丝闲，上下是新月。千里水天一色，看孤鸿明灭。

【品读】

明写钓翁之洒脱，实道出自身之脱俗，与刘禹锡“独钓寒江雪”的蓑笠翁相比，这位渔父更像是舞台中人，并非真实生活存在。

〔宋〕 佚名 《溪桥归牧图》

点绛唇

李　祁

楼下清歌，水流歌断春风暮。梦云烟树，依约江南路。　　碧水黄沙，梦到寻梅处。花无数。问花无语。明月随人去。

【品读】

由人境到仙境，缥缥缈缈，留下遐思无限。词中空灵之美，颇具禅思。

〔宋〕 佚名 《芙蓉图》

念奴娇

李清照

春　情

萧条庭院，又斜风细雨，重门须闭。宠柳娇花寒食近，种种恼人天气。险韵诗成，扶头酒醒，别是闲滋味。征鸿过尽，万千心事难寄。　　楼上几日春寒，帘垂四面，玉阑干慵倚。被冷香消新梦觉，不许愁人不起。清露晨流，新桐初引，多少游春意。日高烟敛，更看今日晴未。

【品读】

清淡恬然，又是一种人生佳境。险韵，写诗作词中难押之韵脚。征鸿，鸿雁也。慵倚，谓懒懒散散地倚在栏杆上。

〔五代〕 赵幹 《江行初雪图》

如梦令

李清照

常记溪亭日暮，沉醉不知归路。兴尽晚回舟，误入藕花深处。争渡，争渡，惊起一滩鸥鹭。

【品读】

溪水亭中，莲花深处，一滩鸥鹭乱飞。忆起此等胜景，哪是醉人？醉于山水而已。争渡，怎渡？

〔宋〕 佚名 《海棠蝴蝶图》

如梦令

李清照

昨夜雨疏风骤，浓睡不消残酒。试问卷帘人，却道海棠依旧。知否？知否？应是绿肥红瘦！

【品读】

春花谢了，绿色盎然，绿肥红瘦之感慨，却又是心头的另一番滋味。

〔宋〕 赵佶 《蜡梅山禽图》

临江仙

李清照

庭院深深深几许？云窗雾阁常扃。柳梢梅萼渐分明。春归秣陵树，人老建康城。　　感月吟风多少事，如今老去无成。谁怜憔悴更凋零。试灯无意思，踏雪没心情。

【品读】

云窗雾阁，谓庭院之深，遥遥之中，楼阁似在云雾。扃（jiōng），本意为门闩，此指锁闭。萼（è），花朵周边的叶片。秣（mò）陵、建康均谓今南京，东晋南朝六朝古都，与南宋之临安可比。试灯，元宵节之挂灯。此词融家愁国愁于一体，格调颇似李后主之“问君能有几多愁，恰似一江春水向东流”。

〔宋〕 赵令穰 《湖庄清夏图》

醉花阴

李清照

九　日

薄雾浓云愁永昼，瑞脑销金兽。佳节又重阳，玉枕纱厨，半夜凉初透。　　东篱把酒黄昏后，有暗香盈袖。莫道不销魂，帘卷西风，人比黄花瘦。

【品读】

此李清照思夫之作。瑞脑，一种香料，可置于香炉中燃之。金兽，香炉也。纱厨，纱帐也。东篱，借陶渊明“采菊东篱下”之意。相传李清照将此词寄予赵明诚后，赵明诚自愧弗如，闭门谢客，废寝忘食三天，作词五十首，将李清照此词夹杂其中，送友人陆德夫评赏。陆再三品读，认为五十首中只有三句绝佳，即“莫道不销魂，帘卷西风，人比黄花瘦”。

〔宋〕 佚名 《碧梧庭榭图》

声声慢

李清照

寻寻觅觅，冷冷清清，凄凄惨惨戚戚。乍暖还寒时候，最难将息。三杯两盏淡酒，怎敌他晚来风急。雁过也，最伤心，却是旧时相识。　　满地黄花堆积，憔悴损，如今有谁堪摘。守着窗儿，独自怎生得黑？梧桐更兼细雨，到黄昏点点滴滴。这次第，怎一个愁字了得。

【品读】

此中的孤寂与清冷，正化作自然万象，确不是一个愁字了得。

〔宋〕 李迪 《雪树寒禽图》

忆王孙

李重元

春　词

萋萋芳草忆王孙。柳外高楼空断魂。杜宇声声不忍闻。欲黄昏。雨打梨花深闭门。

【品读】

《楚辞·招隐士》有“芳草生兮萋萋，王孙游兮不归”之句，写佳人之春思。此词开篇化楚辞而来，无大新意，但最后的“欲黄昏。雨打梨花深闭门”，却写出了另一番春思。杜宇，即子规鸟，又称杜鹃鸟，叫声凄凉，相传上古蜀主失国，化作此鸟，鸣叫之时，声声啼血。

〔宋〕 刘松年 《中兴四将图》

满江红

岳　飞

怒发冲冠，凭栏处，潇潇雨歇。抬望眼，仰天长啸，壮怀激烈。三十功名尘与土，八千里路云和月。莫等闲，白了少年头，空悲切。　靖康耻，犹未雪。臣子恨，何时灭？驾长车，踏破贺兰山缺。壮志饥餐胡虏肉，笑谈渴饮匈奴血。待从头，收拾旧山河，朝天阕。

【品读】

古人蓄发，头上一帽拢住长发，即冠也。古人谓，怒气上升之时，发梢竖立，可将冠帽冲起，故云怒发冲冠也。靖康耻，谓北宋靖康末年金兵攻下汴京，掳走徽宗、钦宗之事。贺兰山，在今宁夏境内，当时为金朝所有。天阕，皇宫也，此谓收复故土，朝拜汴京皇宫。此词之爱国壮怀，为千古绝唱。

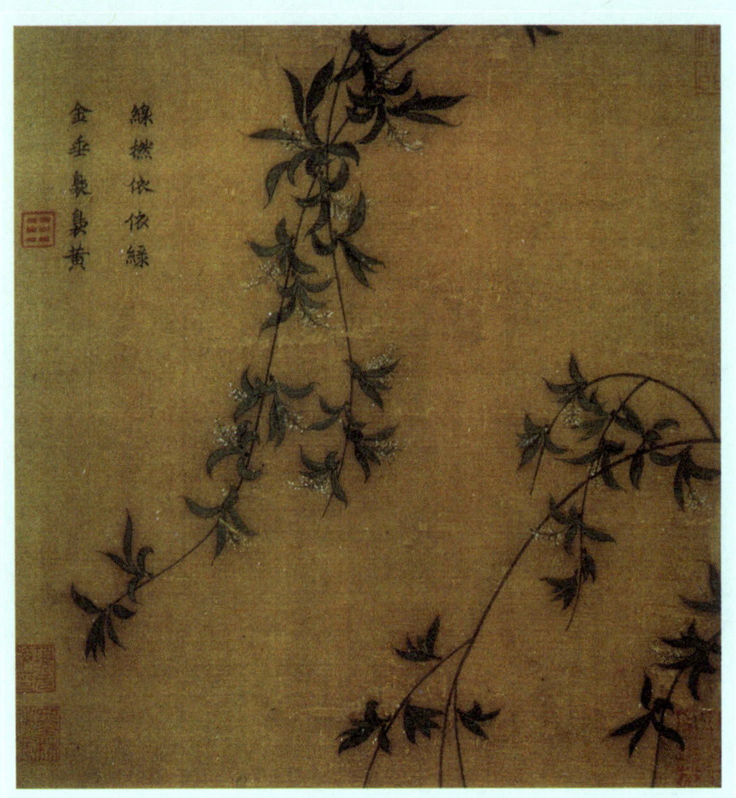

〔宋〕 佚名 《垂杨飞絮图》

蝶恋花

朱淑真

送　春

楼外垂杨千万缕，欲系青春，少住春还去。犹自风前飘柳絮，随春且看归何处？　　绿满山川闻杜宇，便做无情，莫也愁人苦。把酒送春春不语，黄昏却下潇潇雨。

【品读】

惜春之作，写得轻松恬然，虽有春去也的愁绪，但又有绿满山川的达观，最后的送春春不语，更是潇洒如初夏之雨。

〔宋〕 赵佶 《竹禽图》

谒金门

朱淑真

春已半，触目此情无限。十二阑干闲倚遍，愁来天不管。　　好是风和日暖，输与莺莺燕燕。满院落花帘不卷，断肠芳草远。

【品读】

春愁无限在于春景匆匆，“天不管”与“芳草远”化出心中的天人之际。

〔宋〕 徐禹功 《雪中梅竹图》

卜算子

陆　游

咏　梅

驿外断桥边，寂寞开无主。已是黄昏独自愁，更著风和雨。　　无意苦争春，一任群芳妒。零落成泥碾作尘，只有香如故。

【品读】

梅花于百花中早早绽放，故有群芳相妒，但梅花又非大红大紫，引人注目，只是暗香天然。其命运必然是无人赏识，落得“独自愁”与“香如故”。词写出的是陆游心境中的梅，亦是梅境中的陆游。时隔近千年，毛泽东专门为此词唱和，也写了一首《卜算子·咏梅》：

风雨送春归，飞雪迎春到，已是悬崖百丈冰，犹有花枝俏。

俏也不争春，只把春来报，待到山花烂漫时，她在丛中笑。

这是毛泽东心境中的梅，自然也是梅境中的毛泽东。每一个诗人都拥有与他人不同的梅花，读诗即读人，即读出了万千不同的世界。

〔宋〕 佚名 《江亭闲眺图》

满江红

无名氏

听　雨

斗帐高眠，寒窗静，潇潇雨意。南楼近，更移三鼓，漏传一水。点点不离杨柳外，声声只在芭蕉里。也不管、滴破故乡心，愁人耳。　　无似有，游丝细；聚复散，珍珠碎。天应分付与，别离滋味。破我一床蝴蝶梦，输他双枕鸳鸯睡。向此际、别有好思量，人千里。

【品读】

斗帐，床上所用帐子。更移三鼓，古时将夜间分为五更，每更均敲梆或击鼓，时间到了三更时分即谓更移三鼓，午夜也。漏传一水，古人以漏壶计时，往往分为三个时段，漏传一水，即第一时段结束，相当于三更天。

潇潇细雨，点点滴滴总关愁，此景此情，总觉似曾相识，但收尾一句“人千里”，却将点点愁思羽化而升，成为天际一抹云雨。

洞庭青草近中秋

〔宋〕 夏圭 《松溪泛舟图》

念奴娇

张孝祥

过洞庭

洞庭青草，近中秋，更无一点风色。玉鉴琼田三万顷，着我扁舟一叶。素月分辉，明河共影，表里俱澄澈。悠然心会，妙处难与君说。　　应念岭表经年，孤光自照，肝胆皆冰雪。短发萧疏襟袖冷，稳泛沧溟空阔。尽挹西江，细斟北斗，万象为宾客。扣舷独啸，不知今夕何夕。

【品读】

张孝祥，南宋孝宗时人，曾任静江府（今广西桂林）知府，到任不到一年，被人陷害罢免，此词写于北归途经洞庭湖时。

此词之妙处在于作者罢官后，真正做到了物我两相忘，已然抽身红尘，跃步于云天之上，俯视三万顷洞庭，方生出如此意境。青草，洞庭湖中的青草湖。玉鉴，谓洞庭之水如玉镜一般。琼田，也是指月光下的湖水如万顷美玉铺成的田园。应念岭表经年，谓在静江为官一年。

〔宋〕 佚名 《雪涧盘车图》

满江红

辛弃疾

敲碎离愁，纱窗外、风摇翠竹。人去后，吹箫声断，倚楼人独。满眼不堪三月暮，举头已觉千山绿。但试把、一纸寄来书，从头读。　　相思字，空盈幅；相思意，何时足！滴罗襟点点，泪珠盈掬。芳草不迷行客路，垂杨只碍离人目。最苦是、立尽月黄昏，阑干曲。

【品读】

暮春三月，最伤离别相思，该词自“敲碎离愁，纱窗外风摇翠竹”起句，到黄昏月升，倚得栏干弯曲，收尾字字生情，句句含恨，将相思之情、别离之恨演绎得淋漓尽至。盈幅，写满尺幅，即信笺。盈掬（jū），满捧。

〔唐〕 李昭道 《明皇幸蜀图》

菩萨蛮

辛弃疾

书江西造口壁

郁孤台下清江水，中间多少行人泪。西北望长安，可怜无数山。　　青山遮不住，毕竟东流去。江晚正愁余，山深闻鹧鸪。

【品读】

造口，在今江西万安县西南，宋廷南渡之初，金兵曾追隆祐太后，至此地后，太后之船方脱险。郁孤台，在赣州城西北，赣江之侧。上阕写国破家亡，多少流离之人，泪洒此处；下阕写词人之伤感，国势已去，徒唤奈何。“正愁余”可读为“余正愁”。江畔夜色之中，正为国而忧，却听得深山幽岩之中鹧鸪声响，愁上加愁。

〔宋〕 马麟 《静听松风图》

西江月

辛弃疾

遣　兴

醉里且贪欢笑，要愁那得工夫。近来始觉古人书，信着全无是处。　　昨夜松边醉倒，问松“我醉何如”。只疑松动要来扶，以手推松曰：“去！”

【品读】

词之直白如此，再无第二人，而作者之落拓豪气于此直白处尽现。醉酒之醉莫若情衷俱醉，落出又一个的我。

路转溪桥忽见

〔五代〕 关仝 《关山行旅图》

西江月

辛弃疾

夜行黄沙道中

明月别枝惊鹊，清风半夜鸣蝉。稻花香里说丰年，听取蛙声一片。　七八个星天外，两三点雨山前。旧时茅店社林边，路转溪桥忽见。

【品读】

夜行小景，也写得如诗如画。关键在于植入了星光、雨声以及行伴间的对话，最后，在夜色路径上透出了一丝光亮，让人们找到了曾经的路。

茅店，茅草搭建的小店。社林，村边祭社神处，往往有高树或丛林。

〔宋〕 李成 《寒林平野图》

丑奴儿

辛弃疾

书博山道中壁

少年不识愁滋味，爱上层楼。爱上层楼，为赋新词强说愁。　　而今识尽愁滋味，欲说还休。欲说还休，却道天凉好个秋。

【品读】

人间百味，原不是轻易说得，须日积月累，甘苦备尝之后，方可说得。但词人却又道出了更高一层的滋味，“却道天凉好个秋”，把人生百味领到了天人合一的妙境。

〔宋〕 张择端 《清明上河图》

青玉案

辛弃疾

东风夜放花千树。更吹落，星如雨。宝马雕车香满路。凤箫声动，玉壶光转，一夜鱼龙舞。　　蛾儿雪柳黄金缕，笑语盈盈暗香去。众里寻他千百度，蓦然回首，那人却在，灯火阑珊处。

【品读】

此词为正月十五元宵节赏灯之作。花千树，谓焰火之多也。宝马雕车，装饰华丽的车马。玉壶，道家之法器，可容世界；此处以玉壶光转，形容元宵夜之欢腾，像是到了另一个世界；鱼龙舞，本为汉代百戏的一种，此泛指歌舞杂技。“蛾儿雪柳黄金缕”，谓佳人眉如蛾，身似柳，发缕在夜色光影中如黄金一般。阑珊（shān）处，灯火稀少，人影依稀也。

〔宋〕 马和之 《月放秋声图》

太常引

辛弃疾

建康中秋夜为吕叔潜赋

一轮秋影转金波。飞镜又重磨。把酒问姮娥：被白发欺人奈何？　　乘风好去，长空万里，直下看山河。斫去桂婆娑，人道是清光更多。

【品读】

写月能写得如此豪气，非辛弃疾不可。秋影、飞镜均谓圆月。古时铜镜须常打磨，故词中以“飞镜又重磨”言明月之辉更加耀目。白发欺人，谓时光催人老也。婆娑（suō），摇摇曳曳，诗人谓月中桂树婆娑，影响了月光，因此，要砍去桂婆娑。斫（zhuó），砍也。

〔宋〕 马麟 《芳春雨霁图》

摸鱼儿

辛弃疾

更能消几番风雨，匆匆春又归去。惜春长怕花开早，何况落红无数。春且住，见说道、天涯芳草无归路，怨春不语。算只有殷勤、画檐蛛网，尽日惹飞絮。　　长门事，准拟佳期又误。蛾眉曾有人妒。千金纵买相如赋，脉脉此情谁诉？君莫舞，君不见、玉环飞燕皆尘土。闲愁最苦。休去倚危栏，斜阳正在、烟柳断肠处。

【品读】

长门即西汉之长门宫，汉武帝之陈皇后失宠后，被打入长门宫，用重金请司马相如写了《长门赋》，想以此打动武帝，但未奏效。“君莫舞”之君，指妒忌陈皇后者。玉环，唐玄宗所宠幸之贵妃杨玉环；飞燕，汉成帝之宠妃赵飞燕，两人均为悲剧式人物。

不尽长江滚滚流

〔宋〕 赵芾 《江山万里图》

南乡子

辛弃疾

登京口北固亭有怀

何处望神州？满眼风光北固楼。千古兴亡多少事？悠悠，不尽长江滚滚流！　年少万兜鍪，坐断东南战未休。天下英雄谁敌手？曹刘，生子当如孙仲谋！

【品读】

这又是一首发思古之幽情，借古浇愁的名篇，借三国鼎立之时，年少英雄孙权能与曹、刘三分天下的话题，感慨南宋之懦弱与偏安。

兜鍪（móu），头盔，又代指士兵。此句意为，年少的孙权就可率千军万马，雄踞东南，足以与曹操相敌。孙仲谋，即孙权，曹操曾言：“生子当如孙仲谋。”对其倍加赞赏。

| 千古江山英雄无觅 |

〔宋〕 赵芾 《江山万里图》

永遇乐

辛弃疾

京口北固亭怀古

千古江山，英雄无觅，孙仲谋处。舞榭歌台，风流总被，雨打风吹去。斜阳草树，寻常巷陌，人道寄奴曾住。想当年，金戈铁马，气吞万里如虎。　　元嘉草草，封狼居胥，赢得仓皇北顾。四十三年，望中犹记，烽火扬州路。可堪回首，佛狸祠下，一片神鸦社鼓。凭谁问：廉颇老矣，尚能饭否？

【品读】

京口，即今江苏镇江，南宋时抗金重镇。当时，朝中权重韩侂胄为巩固自己的权力地位，匆匆布置北伐，启用主战的辛弃疾为镇江府知府。辛弃疾到任后，知道朝中只是借重其名望，对北伐并无真正胜算。到京口后，颇为伤感，写下了这首令人回肠荡气的诗篇。此诗的结尾，虽言“廉颇老矣，尚能饭否”，但细读之，当能读出“烈士暮年，壮心不已”的气概。

孙仲谋，即三国东吴孙权。京口在三国时，即为东吴重镇。寄奴，即南朝刘宋开国君主刘裕小名。刘裕生长于京口，也发迹于京口，在南北朝时期，是北伐最有成就者。元嘉，刘裕之子宋文帝年号，宋文帝在位时，三次北伐，均未成功，主要在于匆匆冒进。狼居胥，漠北山名，西汉霍去病大败匈奴后，曾在狼居胥山祭天，古人谓祭天为封，向上天告知成功也。宋文帝在北伐前，曾放出豪言，要把北方的鲜卑人赶回漠北，也要去封狼居胥山，结果却是大败而归。“元嘉草草”一段，即谓此事。

四十三年，谓辛弃疾自北方率众南下已四十三年。烽火扬州路，谓与金兵在这一带的多次交战。

佛狸，北朝时北魏太武帝拓跋焘的小名，率兵南下攻刘宋时，曾在镇江附近的瓜步山上建行宫，后成为庙宇，被称作“佛狸祠”。神鸦社鼓，古代乡村在春秋两个社日都举办迎神赛会，载歌载舞，届时，放飞着低翱的乌鸦，敲击着大鼓，一片祥和景象。这段诗意是说，南北朝时，北方王朝的南侵最终被击退了，而且，实现了举国一统，佛狸祠下也都歌舞升平。抚今追昔，往事不堪回首。

廉颇老矣，廉颇，战国时代赵国名将，一餐能食一斗米，十斤肉，在与秦国交战的关键时刻，奸臣称其饭量大减，垂垂已老矣，因而未被启用。

野棠花落

〔宋〕 林椿 《海棠图》

念奴娇

辛弃疾

书东流村壁

野棠花落，又匆匆过了，清明时节。刬地东风欺客梦，一枕云屏寒怯。曲岸持觞，垂杨系马，此地曾轻别。楼空人去，旧游飞燕能说。　　闻道绮陌东头，行人长见，帘底纤纤月。旧恨春江流不断，新恨云山千叠。料得明朝，尊前重见，镜里花难折。也应惊问：近来多少华发？

【品读】

此词为怀旧之作。旧者何也？梦中佳人也。先是忆起曲水岸边，举杯畅饮，绿杨树下，系马细叙，含蓄地点出楼空人去的感伤以及此地曾轻别的悔意。下阕则说得明白了，听说已嫁到田园东头，亦即东村，路过者还时常看到帘子后面如月的容颜，旧的悔恨，如春江之水流不断，新的悔恨又如云中山岭，层层叠叠。明日应当还能相见，但梦中佳人正是镜中之花，无法折得。只能关切相问：近来多少白发？

刬（chǎn）地，怎地，平白地。觞，酒杯。古人行酒，有在弯弯曲曲的溪流中，放置酒杯，借水流之漂动，互相敬酒的习俗，称之为曲水流觞。陌，田间小路。绮陌，如织小径，代指田园。

〔唐〕 佚名 《奕棋仕女图》

水龙吟

程　垓

夜来风雨匆匆，故园定是花无几。愁多怨极，等闲孤负，一年芳意。柳困桃慵，杏青梅小，对人容易。算好春长在，好花长见，元只是、人憔悴。　　回首池南旧事，恨星星、不堪重记。如今但有，看花老眼，伤时清泪。不怕逢花瘦，只愁怕、老来风味。待繁红乱处，留云借月，也须拚醉。

【品读】

伤怀之词，多为落花之叹，而此词却点出了落花之后的杏青梅小，悟出好春长在，好花长见，元只是“人憔悴”的道理，更衬出人生苦短的伤怀。

〔宋〕 马远 《踏歌图》

卜算子

程　垓

独自上层楼，楼外青山远。望到斜阳欲尽时，不见西飞燕。　　独自下层楼，楼下蛩声怨。待到黄昏月上时，依旧柔肠断。

【品读】

闺怨之诗，却无怨言，写的是柔肠千转。蛩（qióng），蟋蟀也。

凄迷古道烟雨正愁人

〔宋〕 朱锐 《溪山行旅图》

少年游

高观国

草

春风吹碧，春云映绿，晓梦入芳裀。软衬飞花，远随流水，一望隔香尘。　　萋萋多少江南恨，翻忆翠罗裙。冷落闲门，凄迷古道，烟雨正愁人。

【品读】

裀（yīn），通“茵”，此言芳草如茵。先写芳草碧色，春光无限，少年情怀，不识人间相思，曾遇佳人却错过。又写老来方知情愁萋萋如芳草，不知多少遗恨留落江南，只能追忆佳人翠罗裙。在闲门冷落中，遥望凄迷古道，伴濛濛烟雨倍添愁思。

〔宋〕 佚名 《秋山红树图》

贺新郎

刘克庄

九日

湛湛长空黑，更那堪、斜风细雨，乱愁如织。老眼平生空四海，赖有高楼百尺。看浩荡、千崖秋色。白发书生神州泪，尽凄凉、不向牛山滴。追往事，去无迹。　少年自负凌云笔，到而今、春华落尽，满怀萧瑟。常恨世人新意少，爱说南朝狂客。把破帽年年拈出。若对黄花孤负酒，怕黄花也笑人岑寂。鸿北去，日西匿。

【品读】

九月九日登高时节，古为重阳节。诗人以此为题写出老来心绪。上阕可读作“死去元知万事空，但悲不见九州同”；下阕可读作“无可奈何花落去，似曾相识燕归来”。牛山，在今山东淄博，战国时齐国之君景公曾登此山，感慨流涕，谓：“若何滂滂去此而死乎！”岑寂，冷清、寂寞也。

〔宋〕 佚名 《红蓼水禽图》

湘春夜月

黄孝迈

近清明，翠禽枝上销魂。可惜一片清歌，都付与黄昏。欲共柳花低诉，怕柳花轻薄，不解伤春。念楚乡旅宿，柔情别绪，谁与温存？　　空尊夜泣，青山不语，残月当门。翠玉楼前，唯是有一波湘水，摇荡湘云。天长梦短，问甚时重见桃根？这次第，算人间没个并刀，剪断心上愁痕。

【品读】

桃根，晋王献之之妾桃叶之妹，貌美，后被用以代指美女、意中人。

残雪庭阴

〔宋〕 夏圭 《雪窗客话图》

高阳台

王沂孙

残雪庭阴，轻寒帘影，霏霏玉管春葭。小帖金泥，不知春是谁家？相思一夜窗前梦，奈个人，水隔天遮。但凄然、满树幽香，满地横斜。　　江南自是离愁苦，况游骢古道，归雁平沙。怎得银笺，殷勤说与年华。如今处处生芳草，纵凭高、不见天涯。更消他，几度东风，几度飞花。

【品读】

此诗伤君臣偏安、不思国耻、天下将亡也。

葭（jiā），初生之芦苇。小帖、银笺，均为信笺。金泥，封信笺之印泥。骢（cōng），骏马也。

〔宋〕 佚名 《秋溪放牧图》

齐天乐

王沂孙

萤

碧痕初化池塘草，荧荧野光相趁。扇薄星流，盘明露滴，零落秋原飞磷。练裳暗近。记穿柳生凉，度荷分暝。误我残编，翠囊空叹梦无准。　　楼阴时过数点，倚阑人未睡，曾赋幽恨。汉苑飘苔，秦陵坠叶，千古凄凉不尽。何人为省？但隔水余晖，傍林残影。已觉萧疏，更堪秋夜永。

【品读】

盘明，谓月轮之明也。飞磷（lín），飞舞之萤火，此指萤火虫。以小小萤火虫，洞察出星河秋夜之气象万千，何人可比！

江阔云低断雁叫西风

〔宋〕 马远 《雪图》

虞美人

蒋　捷

听　雨

少年听雨歌楼上，红烛昏罗帐。壮年听雨客舟中，江阔云低断雁叫西风。　　而今听雨僧庐下，鬓已星星也。悲欢离合总无情，一任阶前点滴到天明。

【品读】

少年欢娱、壮年奔波、老年悟禅，人生三种境界历历在目。

〔宋〕 刘松年 《四景山水图》

声声慢

张　炎

寄叶书隐

百花洲畔，十里湖边，沙鸥未许盟寒。旧隐琴书，犹记渭水长安。苍云数千万叠，却依然、一笑人间。似梦里，对清尊白发，秉烛更阑。　　渺渺烟波无际，唤扁舟欲去，且与凭栏，此别何如，能消几度阳关？江南又听夜雨，怕梅花、零落孤山。归最好，甚闲人、犹自未闲。

【品读】

遥忆旧时往事，款叙离情别绪，将故交旧情，层层曲曲，尽数引至眼前，感人之至。

盟，与沙鸥为盟友，此谓隐退。盟寒，盟未成也。旧隐琴书，旧时隐居时之琴书。更阑，夜深时。阳关，在敦煌之西，为西去送别之处，此系代指。

春江万里云涛

〔宋〕 马远 《雪图》

祝英台近

无名氏

倚危栏，斜日暮。蓦蓦甚情绪？稚柳娇黄，全未禁风雨。春江万里云涛，扁舟飞渡。那更听、塞鸿无数。　　叹离阻。有恨流落天涯，谁念泣孤旅？满目风尘，冉冉如飞雾。是何人惹愁来？那人何处？怎知道、愁来不去。

【品读】

此词为南宋末年太学生所作，已不知名氏，词中明写春愁，实际抒发的是大敌当前，行将国破的亡国之恨。清人张琦笺注：

稚柳，谓幼君。娇黄，谓太后。扁舟飞渡，谓北军至。塞鸿，指流民也。人惹愁来，谓贾（似道）出。那人何处，谓贾（似道）去。

后记

唐宋词是文学作品，但又是用于歌唱的文学作品，具有很强的具象性，画面感颇强，因此，多有为其配画者。但细细品来，总感到后人所配之画与前人所做之词常常貌合神离。因此，我们直接从唐宋名画中选取能与之神会者，或全画，或局部，以求以唐宋人之具象视角品读唐宋词中的多彩画面。

书中配画选自张志民先生主编的《中国绘画史图鉴》（山东美术出版社，2014年版）一书，蒙志民先生应允，铭谢于此。

若荻

2016年初夏

图书在版编目（CIP）数据

唐宋词百品 / 苏若荻编著. — 北京：经济科学出版社，2015. 10
（品读诗词中国）
ISBN 978-7-5141-6095-6

Ⅰ. ① 唐…　Ⅱ. ① 苏…　Ⅲ. ① 唐宋词—诗歌欣赏
Ⅳ. ① I207 . 23

中国版本图书馆CIP数据核字（2015）第227332号

编　　著　苏若荻
责任编辑　孙丽丽
装帧设计　鲁　筱

唐宋词百品

出　　版　经济科学出版社
地　　址　北京市海淀区阜城路甲28号
电　　话　总编部电话（010）88191217
发行部电话（010）88191522
网　　址　www.esp.com.cn
电子信箱　esp@esp.com.cn
发　　行　新华书店经销
印　　刷　北京市十月印刷有限公司印装
规　　格　710 mm × 1092 mm　16开
印　　张　13.5
字　　数　240 千字
版　　次　2016年6月第1版
印　　次　2016年6月第1次印刷
标准书号　ISBN 978-7-5141-6095-6
定　　价　56.00 元